Arthur Conan Doyle

L'Aventure du détective agonisant

Texte et illustration de couverture : © domaine public
Edition : Culturea (Hérault, 34)
Contact : infos@culturea.fr
Retrouvez notre catalogue sur http://culturea.fr
Imprimé en Allemagne par Books on Demand
Design typographique : Derek Murphy
Layout : Reedsy (https://reedsy.com/)

Dépôt légal : janvier 2023

ISBN : 9791041928194

Table des matières

L'aventure du détective agonisant

Madame Hudson, la logeuse de Sherlock Holmes, était d'une patience éprouvée. Non seulement son appartement du premier étage était envahi à toute heure d'une foule de gens bizarres et souvent peu recommandables, mais encore son célèbre locataire manifestait une excentricité et une irrégularité d'habitudes qui auraient dû épuiser son indulgence. Son incroyable manque de soins, sa prédilection pour la musique à des heures que tout un chacun réserve au sommeil, son entraînement au revolver en chambres, ses expériences scientifiques aussi étranges que malodorantes, l'ambiance de violence et de danger qui l'entourait faisaient de lui le pire des locataires de Londres. D'autre part, il la réglait princièrement. Je suis sûr que pour le prix que Holmes loua son meublé pendant les années que je vécus avec lui, il aurait pu acheter toute la maison.

La logeuse éprouvait pour lui une terreur respectueuse ; jamais elle n'osait le contredire, bien qu'il usât parfois avec elle de manières apparemment offensantes. Elle l'aimait bien, aussi, car dans ses rapports ordinaires avec les femmes il mettait beaucoup de gentillesse et de courtoisie. Il n'avait nulle confiance dans le sexe faible, mais il était toujours un adversaire chevaleresque. Comme je savais à quel point Mme Hudson lui était dévouée, j'écoutai donc avec une vive attention l'histoire qu'elle vint me raconter à mon domicile au cours de la deuxième année de mon mariage : il s'agissait de l'état pitoyable où était tombé mon pauvre ami.

« Il est à l'agonie, docteur Watson ! me déclara-t-elle. Depuis trois jours il sombre, et je me demande s'il passera la journée. Il ne voulait pas que j'aille chercher un médecin. Mais ce matin, quand j'ai vu ses os qui trouaient presque la peau de sa figure et quand il m'a regardée avec des yeux brillants agrandis par la fièvre, je me suis mise en colère. « Avec ou sans votre permission, monsieur Holmes, lui ai-je dit, je vais immédiatement appeler un médecin. » Il m'a répondu : « Dans ce cas, que ce soit Watson ! »

Je n'ai pas perdu une minute, monsieur, et je vous prie de vous hâter si vous voulez le retrouver vivant. »

J'étais horrifié : j'ignorais totalement qu'il fût malade. Inutile de préciser que je me précipitai sur mon manteau et mon chapeau ! Pendant qu'un fiacre nous conduisait à Baker Street, je lui réclamai des détails.

« Je ne peux pas vous dire grand-chose, monsieur. Il a travaillé sur une affaire en bas de Rotherhithe, près de la Tamise, et il en a ramené cette maladie. Il s'est alité mercredi après-midi et il ne s'est pas relevé. Depuis trois jours il n'a rien mangé ni bu.

– Grand Dieu ! Pourquoi ne pas avoir appelé un médecin ?

– Il ne voulait pas, monsieur ! Vous savez comme il n'est pas commode. Je n'ai pas osé lui désobéir. Mais il ne sera pas longtemps de ce monde, comme vous vous en apercevrez au premier coup d'œil. »

En vérité un spectacle déplorable m'attendait. A la lumière douteuse d'un jour brumeux de novembre, cette chambre de malade était déjà sinistre ; mais le visage décharné, épuisé qui me regarda du lit me glaça le sang. Les yeux avaient l'éclat de la fièvre ; les pommettes étaient rouges ; des croûtes noires collaient aux lèvres ; sur la couverture des mains maigres tremblaient ; Holmes geignait spasmodiquement. Quand j'entrai dans la chambre il était étendu dans une sorte d'apathie complète ; pourtant quand il me vit un éclair passa dans son regard.

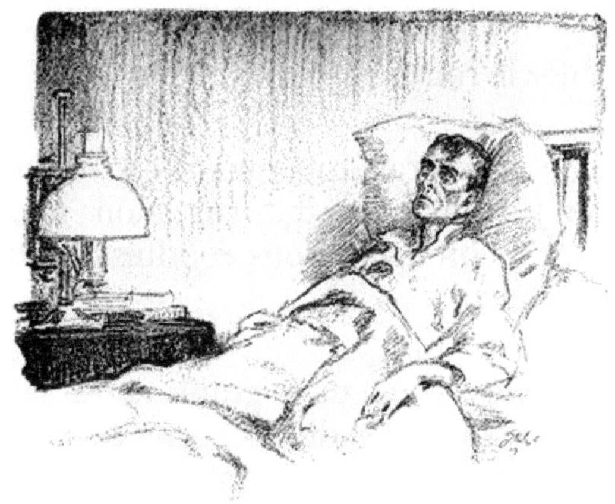

« Eh bien, Watson, on dirait que je traverse une mauvaise passe, n'est-ce pas ? fit-il d'une voix faible où je retrouvai toutefois un peu de son insouciance d'autrefois.

– Mon cher ami ! m'écriai-je en m'approchant.

– Reculez ! Reculez tout de suite ! commanda-t-il avec une impétuosité âpre que je ne lui avais connue que dans des moments critiques. Si vous approchez, Watson, je vous ordonnerai de quitter cette maison !

– Mais pourquoi ?

– Parce que c'est mon désir. Cela ne vous suffit-il point ? »

Décidément, Mme Hudson avait raison. Il était moins accommodant que jamais. Quelle pitié, néanmoins, de le voir dans cet état !

« Je ne voulais que vous aider, expliquai-je.

– Très bien ! La meilleure aide que vous puissiez m'apporter est de faire ce que je vous dis.

– Certainement, Holmes. »

Sa sévérité tomba.

« Vous n'êtes pas fâché ? » demanda-t-il en faisant effort pour respirer.

Pauvre diable ! Comment me fâcher alors qu'il était si bas ?

« C'est dans votre propre intérêt, Watson ! articula-t-il.

– Mon intérêt, à moi ?

– Je sais ce dont je souffre. Il s'agit d'une maladie fréquente chez les coolies à Sumatra : maladie que les Hollandais connaissent beaucoup mieux que nous, mais contre laquelle ils sont quasi impuissants jusqu'ici. Une seule chose est certaine : le mal est infailliblement mortel, et horriblement contagieux... »

Il s'exprimait à présent avec une énergie fébrile ; ses longues mains frémissantes m'intimèrent de ne pas bouger.

« ... Contagieux par le toucher, Watson. C'est cela : par le toucher. Gardez vos distances et tout ira bien.

– Mon Dieu, Holmes ! Supposez-vous qu'une telle considération puisse m'arrêter ? Elle me laisserait indifférent si j'avais affaire à un inconnu. Vous imaginez-vous qu'elle m'empêcherait d'accomplir mon devoir envers un si vieil ami ? »

J'avançai, mais je fus cloué sur le plancher par un regard furieux.

« Si vous demeurez là, je parlerai. Sinon, sortez d'ici ! »

J'ai un si profond respect pour les qualités extraordinaires de Holmes que j'ai toujours déféré à ses ordres, même quand je ne les comprenais pas. Mais ce jour-là tous mes instincts professionnels étaient en alerte. Partout ailleurs il pouvait être mon maître ; dans cette chambre de malade au moins j'étais le sien.

« Holmes, lui dis-je, vous n'êtes pas vous-même. Un malade n'est qu'un enfant, et je vous soignerai comme un enfant. Que cela vous plaise ou non, j'examinerai vos symptômes et je vous ordonnerai un traitement approprié. »

Il me regarda avec des yeux venimeux.

« Si, que cela me plaise ou non, je dois être examiné par un médecin, alors que ce médecin soit au moins un praticien en qui j'aie confiance ! soupira-t-il.

– Vous n'avez donc pas confiance en moi ?

– En votre amitié si, bien sûr ! Mais les faits sont les faits, Watson : après tout vous n'êtes qu'un médecin de médecine générale ; dont l'expérience est très restreinte et les titres médiocres. Il m'est pénible d'avoir à vous dire des choses pareilles, mais vous ne m'avez pas laissé le choix. »

J'eus beaucoup de peine.

– Un tel langage est indigne de vous, Holmes. Il me révèle en tout cas l'état de vos nerfs. Mais si vous n'avez pas confiance en moi, je ne vous imposerai pas mes services. Je vais aller chercher Sir Jasper Meek ou Penrose Fisher, ou l'un de nos meilleurs praticiens de Londres. Mais vous aurez quelqu'un, je vous le jure ! Si vous croyez que je vais rester ici et vous voir mourir sans rien faire, ou sans faire venir quelqu'un, c'est que vous me connaissez bien mal.

– Vous avez de bonnes intentions, Watson ! laissa échapper le malade entre un grognement et un gémissement. Vous démontrerai-je votre ignorance ? Que savez-vous, je vous prie, de la fièvre de Tapanuli ? Que savez-vous de l'infection noire de Formose ?

– Je n'en ai jamais entendu parler.

– Il y a beaucoup de cas maladifs, beaucoup d'étranges possibilités pathologiques en Orient, Watson... »

Il s'arrêtait entre chaque phrase pour rassembler ses forces défaillantes.

« ... J'ai appris bien des choses au cours de récentes recherches médico-criminelles. C'est en les effectuant que j'ai contracté mon mal. Vous ne pouvez rien faire.

– Peut-être. Mais je sais par hasard que le docteur Ainstree, la plus grande autorité vivante en matière de maladies tropicales, se trouve actuellement à Londres. N'insistez pas, Holmes ! Sur l'heure je vais le chercher. »

Et je me dirigeai résolument vers la porte.

Jamais je n'éprouvai un tel choc ! La seconde d'après, avec un bond de tigre, le mourrant m'avait pris à bras-le-corps. J'entendis une clef qui tournait dans la serrure. Il revint en titubant s'abattre sur son lit, épuisé et haletant après ce terrible sursaut d'énergie.

« Vous ne m'arracherez pas la clef de force, Watson ! Je vous ai eu, mon ami. Vous êtes ici, vous y resterez jusqu'à ce que mon bon plaisir en décide autrement. Mais je me prêterai à vos caprices... »

(Tout cela par petits paquets, entrecoupés de douloureux efforts pour reprendre haleine.)

« ...Vous ne songez qu'à mon propre bien. Bien sûr, je le sais. Je vous laisserai faire, mais donnez-moi le temps de récupérer des forces. Pas maintenant, Watson, pas maintenant ! Il est quatre heures, vous pourrez sortir...

– C'est stupide, Holmes.

– Seulement deux heures, Watson ! Je vous promets que vous pourrez sortir à six heures. Voudriez-vous attendre ?

– Je crois que je n'ai pas le choix.

– En effet, Watson. Merci, je n'ai pas besoin d'aide pour arranger les draps. Gardez vos distances, s'il vous plaît, Watson. D'ailleurs, j'ajoute une autre condition. Vous irez chercher du secours : non auprès de l'homme dont vous avez cité le nom, mais auprès de celui que je désignerai.

– Si vous voulez.

– Les trois premiers mots sensés que vous avez prononcés depuis que vous êtes entré, Watson. Vous trouverez des livres par-là. Je suis un peu fatigué. Je me demande ce qu'éprouve une batterie quand elle déverse de l'énergie dans un non-conducteur. A six heures, Watson, nous reprendrons notre entretien. »

Mais il était écrit que nous reprendrions bien avant six heures, et dans des circonstances qui me causèrent un choc à peine moins formidable que celui que j'avais ressenti quand devant la porte il avait sauté sur moi. Pendant quelques minutes j'étais demeuré assis à contempler dans le lit cette forme humaine silencieuse ; les draps recouvraient presque tout son visage et il semblait endormi. Puis, incapable de me mettre à lire, j'avais fait lentement le tour de la chambre en regardant les portraits des criminels célèbres qui décoraient les murs. Finalement, au cours de cette déambulation sans but, j'arrivai devant la cheminée. Un désordre de pipes, de blagues à tabac, de seringues, de canifs, et de cartouches de revolver s'étalait sur le manteau. Au milieu il y avait une petite boite d'ivoire blanche et noire avec un couvercle à glissière. C'était un joli objet, et j'avais allongé ma main pour l'examiner d'un peu plus près quand...

Oh ! ce fut un cri terrible qu'il poussa ! un cri qui dut être entendu de la rue. Quand je l'entendit j'eus la chair de poule et mes cheveux se hérissèrent. Je me retournai et surpris un regard délirant dans un visage convulsé. Je restai pétrifié, avec la petite boîte dans ma main.

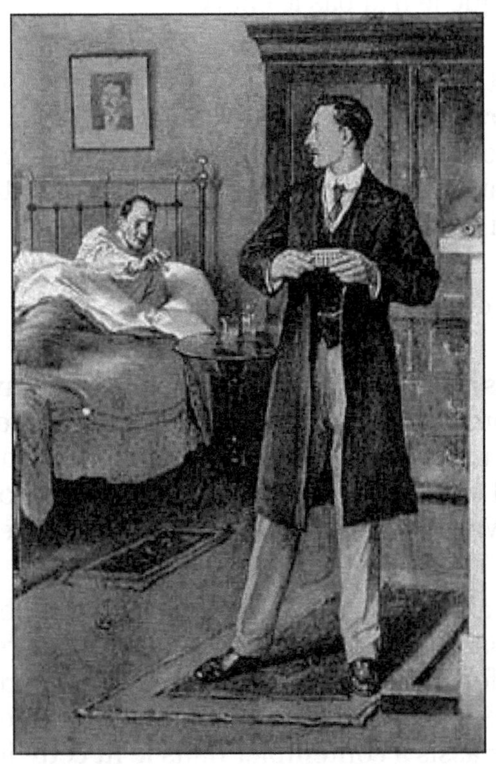

« Reposez-la ! Posez-la, immédiatement, Watson ! tout de suite, vous dis-je !... »

Sa tête retomba sur l'oreiller et il exhala un profond soupir de soulagement quand j'eus replacé la boîte sur la cheminée.

« ...Je déteste que l'on touche à mes affaires, Watson. Vous le savez : je déteste cela. Vous m'énervez au-delà de toute limite. Vous, un médecin, vous en faites assez pour mener un malade dans un asile de fous. Asseyez-vous, mon vieux, et laissez-moi me reposer ! »

Cet incident ne me plut pas du tout. L'excitation violente et sans motif de Holmes, suivie d'un ton brutal si éloigné de sa mesure habituelle, me prouvait le désordre de son esprit. De toutes les ruines, celle d'un esprit distingué est la plus lamentable. Je m'assis, désespéré, et ne dis mot avant que le délai stipulé se fût écoulé. Il semblait avoir surveillé l'heure avec autant d'attention que moi, car un peu avant six heures il se mit à parler avec la même nervosité.

« Maintenant, Watson, avez-vous de la monnaie dans votre poche ?

– Oui.

– Des pièces d'argent ?

– Plusieurs.

– Combien de demi-couronnes ?

– Cinq.

– Ah ! trop peu ! Trop peu ! Pas de chance, Watson ! Néanmoins, mettez-les dans votre gousset. Et le reste de votre monnaie dans la poche gauche de votre pantalon. Merci. Vous aurez beaucoup plus d'équilibre ainsi. »

C'était un délire stupide. Il frissonnait ; il émit un bruit à mi-chemin entre un coup de toux et un sanglot.

« Maintenant, allumez le gaz, Watson. Mais veillez soigneusement à ce que pas un instant la clef ne soit tournée plus qu'à moitié. Merci, c'est parfait. Non, ne baissez pas le store. Maintenant, voulez-vous avoir l'obligeance de placer des lettres et des journaux sur cette table à ma portée. Merci. Maintenant, apportez-moi un peu de ce désordre sur la cheminée ? Très bien, Watson ! il y a là une pince à sucre. S'il vous plaît, utilisez-la pour saisir cette petite boîte en ivoire que vous placerez ici, parmi les journaux. Bien ! Vous pouvez maintenant aller chercher M. Culverton Smith, 13, Lower Burke Street. »

Pour être franc, mon désir d'appeler un confrère avait quelque peu faibli, car le pauvre Holmes délirait si visiblement que je craignais de le laisser seul. Cependant il paraissait aussi vivement souhaiter être examiné par la personne qu'il venait de nommer que tout à l'heure obstinée à refuser toute consultation.

« Je n'ai jamais entendu ce nom-là, répondis-je.

– C'est possible, mon bon Watson. Vous serez peut-être étonné d'apprendre que l'homme qui connaît le mieux cette maladie n'est pas un médecin mais un planteur. M. Culverton Smith est un colon bien connu à Sumatra et il séjourne actuellement à Londres. Une épidémie sur sa plantation, éloignée de tout secours médical, l'a conduit à l'étudier personnellement, et il a obtenu des effets qui vont loin. C'est un homme très méthodique, et je ne désirais pas que vous alliez chez lui avant six heures parce que j'étais sûr que vous ne le trouveriez pas auparavant. Si vous pouvez le convaincre de venir ici et de nous faire profiter de son expérience unique de cette maladie, dont l'étude est devenue sa marotte, je ne doute pas qu'il pourrait me sauver. »

Je répète les phrases de Holmes comme si elles n'avaient pas été entrecoupées par des efforts pour respirer et par des crispations de mains qui montraient combien il souffrait. Son aspect physique avait empiré depuis mon arrivée. Les pommettes étaient encore plus rouges, les yeux cernés brillaient avec plus de feu, son front ruisselait de sueur froide. Il conservait toutefois sa façon désinvolte de parler. Jusqu'à son dernier souffle il continuerait à se dominer.

« Vous lui direz exactement dans quel état vous m'avez laissé, reprit-il. Vous lui confierez l'exacte impression que vous avez : celle d'un homme à l'agonie et qui délire. Vraiment, je me demande pourquoi tout le lit de l'océan n'est pas constitué par une masse solide d'huîtres, tant ces coquillages semblent prolifiques. Ah ! je vagabonde ! C'est étrange comme le cerveau contrôle le cerveau ! Que disais-je, Watson ?

— Vous me donniez mes instructions pour M. Culverton Smith.

— Ah ! oui ; je me souviens ! Ma vie en dépend. Plaidez ma cause auprès de lui, Watson. Nous ne sommes guère en bons termes tous les deux. Son neveu, Watson... J'avais flairé une déloyauté grave, et je me suis permis de le lui faire comprendre. L'enfant est mort d'une mort horrible. Il m'en veut. Vous l'apaiserez, Watson. Priez-le, suppliez-le, amenez-le ici n'importe comment. Il peut me sauver. Lui seul.

— Je l'amènerai dans un fiacre, même si je dois l'y traîner de force.

— Vous ne ferez pas cela. Vous le convaincrez de venir. Et vous reviendrez ici avant lui. Dites-lui ce qui sera nécessaire pour ne pas revenir en même temps que lui. N'oubliez pas, Watson. Vous ne m'avez jamais manqué de parole. Sans aucun doute il existe des ennemis naturels qui limitent la croissance des êtres. Vous et moi, Watson, nous avons joué notre rôle. Le monde sera-t-il envahi par des huîtres ? non, non ! Ce serait horrible ! Transmettez-lui tout ce que vous pensez de mon cas. »

Je sortis sur cet écho d'une magnifique intelligence balbutiant comme un enfant idiot. Il m'avait remis la clef ; je l'emportai pour qu'il ne s'enferme pas. Mme Hudson attendait, tout en larmes et tremblante, dans le couloir. Derrière moi quand je descendis l'escalier, j'entendis la voix haute et aigre de Holmes entonner un chant délirant. Tandis qu'en bas je hélais un fiacre un homme vint vers moi à travers le brouillard.

« Comment va M. Holmes, monsieur ? » me demanda-t-il.

C'était une vieille connaissance : l'inspecteur Morton, de Scotland Yard, en civil.

« Il est très malade », répondis-je.

Il me dévisagea d'un air bizarre. Si ce n'avait pas été trop diabolique, j'aurais parié avoir distingué un éclair de satisfaction sur son visage.

« On me l'avait dit », murmura-t-il.

Le fiacre étant arrivé, je le quittai.

Lower Burke Street était une rue bordée de belles maisons dans un quartier qui s'étend entre Notting Hill et Kensington. La demeure devant laquelle mon cocher s'arrêta avait un extérieur respectable et imposant avec ses balcons en fer forgé, sa porte massive à deux battants, ses cuivres étincelants. Décor complété harmonieusement par le maître d'hôtel qui émanait d'une lampe électrique placée derrière lui.

« Oui, M. Culverton est ici. Le docteur Watson ? Très bien, monsieur, je vais présenter votre carte. »

Mon titre aussi modeste que mon nom ne semblèrent pas impressionner M. Culverton Smith. A travers la porte à demi ouverte, j'entendis une voix de fausset, pétulante, agressive.

« Qui est cette personne ? Que me veut-elle ? Mon Dieu, Stapples, combien de fois ne vous ai-je pas dit que je ne voulais pas être dérangé pendant mes heures d'études ? »

Un flux discret de paroles apaisantes jaillit de la bouche du maître d'hôtel.

« Eh bien, je ne le verrai pas, Stapples ! Je ne peux pas supporter que mon travail soit haché de la sorte. Je ne suis pas à la maison. Dites-lui. Dites-lui de revenir un matin s'il désire réellement me voir. »

De nouveau le murmure pacifiant.

« Non, non, transmettez-lui ce message. Qu'il vienne un matin, ou qu'il s'en aille au diable. Je ne veux pas être dérangé. »

Je pensai à Holmes gisant sur son lit de malade et comptant peut-être les minutes qui le séparaient du moment où le secours arriverait. Ce n'était pas l'heure des politesses. Sa vie dépendait de ma promptitude. Avant que le maître d'hôtel, entre deux courbettes, eût pu me communiquer son message, je l'avais écarté et j'étais entré dans la pièce.

Poussant un cri aigu de colère, un homme se leva d'un fauteuil à côté du feu. Je vis un grand visage jaune, à la peau grasse et rude, nanti d'un lourd double menton et deux yeux gris maussades, menaçants, qui étincelaient sous des sourcils broussailleux couleur de sable. En équilibre sur un côté de son haut crâne chauve, une petite calotte de velours était coquettement posée. Le crâne avait une énorme capacité. Pourtant, quand mon regard descendit, je m'aperçus avec stupéfaction que l'homme était petit frêle, que ses épaules et son dos étaient tordus comme quelqu'un qui aurait été rachitique dans sa jeunesse.

« Que veut dire ceci ? cria-t-il de sa voix de fausset. Que signifie cette intrusion ? Ne vous ai-je pas fait dire que je vous recevrais demain matin ?

– Je suis désolé, dis-je. Mais l'affaire qui m'amène ne souffre aucun délai. M. Sherlock Holmes... »

Le nom de mon ami produisit un effet extraordinaire sur le petit homme. Toute trace de colère disparut de son visage. Sa physionomie devint tendue, en alerte.

« Venez-vous de la part de Holmes ?

– Je le quitte à l'instant.

– Comment va-t-il ?

– Il est dans un état désespéré. Voilà pourquoi je suis venu. »

L'homme m'indiqua une chaise, et fit demi-tour pour se rasseoir. La glace qui se trouvait au-dessus de la cheminée me réfléchit sa figure. J'aurais juré qu'elle s'était éclairée d'un sourire méchant, abominable. Pourtant j'ai cru qu'il s'agissait d'une sorte de contraction nerveuse, car lorsqu'il se retourna dans ma direction ses traits étaient parfaitement impassibles.

« Je regrette cette nouvelle, dit-il. Je ne connais M. Holmes qu'à travers quelques affaires que nous avons eu à traiter ensemble, mais j'éprouve beaucoup de respect pour ses talents et pour son caractère. C'est un amateur du crime, comme j'en suis un de la maladie. Voilà mes prisons, ajouta-t-il en me montrant une rangée de flacons et de fioles sur une table latérale. Parmi ces cultures de gélatine, quelques-uns des plus grands criminels du monde sont en train de purger leur peine.

– C'est en raison de vos connaissances spéciales que M. Holmes souhaitait vous voir. Il professe une très haute opinion de vous, et il a pensé que vous étiez le seul home au monde à pouvoir le secourir. »

Le petit homme sursauta, et la calotte chut sur le tapis.

« Pourquoi ? demanda-t-il. Pourquoi M. Holmes pense-t-il que je pourrais le secourir ?

– Parce que vous êtes compétent dans les maladies orientales.

– Mais d'où vient qu'il croit que sa maladie est orientale ?

– Parce que, au cours d'une enquête professionnelle, il a travaillé avec des marins chinois sur les docks. »

M. Culverton Smith sourit avec satisfaction et ramassa sa calotte.

« Oh ! voilà pourquoi, hé ? J'espère que le mal n'est pas si mal que vous le supposez. Depuis combien de temps est-il malade ?

– Trois jours.

– Délire-t-il ?

– De temps en temps.

– Tut ! tut ! Cela paraît sérieux. Il serait inhumain de ne pas répondre à son appel. Je répugne à être dérangé dans mon travail, docteur Watson, mais à cette affaire est exceptionnelle. Je vous accompagne tout de suite. »

Je me souviens des instructions de Holmes.

« J'ai un autre rendez-vous, m'excusai-je.

– Très bien. J'irai donc seul. J'ai en note l'adresse de M. Holmes. Vous pouvez vous fier à moi : dans une demi-heure au plus je serai chez lui. »

C'est d'un cœur lourd que je pénétrai dans la chambre de Holmes. Le pis était peut-être survenu en mon absence. Je fus grandement soulagé en constatant les progrès qu'au contraire il avait accomplis. Il avait toujours l'air d'un spectre, mais toute trace de délire avait disparu ; il parlait encore d'une voix faible, certes ; toutefois sa lucidité et sa netteté ne l'avaient pas abandonné.

« Alors, l'avez-vous vu, Watson ?

– Oui. Il vient.

– Admirable, Watson ! Admirable ! Vous êtes le meilleur des messagers.

– Il voulait m'accompagner.

– Oh ! il ne fallait surtout pas ! Impossible, Watson ! A-t-il demandé quel était mon mal ?

– Je lui ai parlé des chinois d'East End.

– Très exact ! Eh bien, Watson, vous avez fait tout ce que pouvait faire un bon ami. Maintenant vous pouvez disparaître de la scène.

– Je dois attendre et écouter son avis, Holmes.

– Bien sûr ! Mais j'ai des raisons de supposer que cet avis serait beaucoup plus sincère et valable s'il croyait que nous sommes seuls. Il y a juste assez de place derrière la tête de mon lit, Watson.

– Mon cher Holmes !

– Je crains que vous n'ayez pas le choix, Watson. La chambre ne se prête pas à beaucoup de cachettes, ce qui est parfait ; autrement elle éveillerait des soupçons. Mais là, Watson, juste là, je crois que vous y arriverez... »

Il se redressa soudain, et son visage hagard se couvrit d'une expression d'intensité farouche.

« ... Voilà les roues, Watson. Vite, mon vieux, si vous m'aimez ! Et ne bougez pas, quoi qu'il arrive... quoi qu'il arrive, entendez-vous ? Ne parlez pas ! Ne remuez pas ! Écoutez seulement, mais de vos deux oreilles ! »

En un instant son subit accès de force disparut, et son langage de commandement fit place aux murmures incompréhensibles d'un homme en proie au délire.

De ma cachette, j'entendis les pas monter l'escalier, puis la porte s'ouvrir et se refermer. Alors, à ma surprise, s'établit un long silence, seulement interrompu par les râles et la respiration lourde du malade. Je m'imaginai que notre visiteur se tenait debout près du lit et examinait Holmes. Enfin ce silence pesant cessa.

« Holmes ! s'écria-t-il. Holmes !... »

Sa voix ressemblait à celle de quelqu'un qui aurait voulu réveiller un dormeur.

« ... Vous ne pouvez pas m'entendre, Holmes ? »

Il y eut une sorte de froissement d'étoffe, comme s'il avait rudement secoué le malade par les épaules.

« Est-ce vous, monsieur Smith ? chuchota Holmes. J'osais à peine espérer que vous viendriez. »

L'autre se mit à rire.

« Je ne l'aurais pas cru non plus. Et pourtant, voyez-vous, je suis ici. Les charbons ardents, Holmes : les charbons ardents !

— C'est très bien de votre part, très noble... J'apprécie vos connaissances particulières. »

Notre visiteur ricana.

« Vous les appréciez. Vous êtes, heureusement, le seul homme de Londres à les apprécier. Savez-vous quel est votre mal ?

– Le même, répondit Holmes.

– Ah ! vous reconnaissez les symptômes ?

– Je ne les reconnais que trop bien.

– Eh bien, cela ne m'étonnerait pas, Holmes. Je ne serais pas surpris si c'était les mêmes. Dans ce cas, les perspectives ne seraient pas drôles pour vous. Le pauvre Victor est mort le quatrième jour : il était jeune, fort, vaillant. Comme vous l'avez dit, c'était assez surprenant qu'il eût contracté au cœur de Londres un mal asiatique assez rare, mal que j'avais de surcroît spécialement étudié. Singulière coïncidence, Holmes ! Très habile de votre part de l'avoir remarquée, mais peu charitable d'avoir suggéré que c'était la cause et l'effet.

– Je savais que vous l'aviez fait.

– Oh ! vous le saviez, vraiment ? Eh bien, vous ne pouviez pas le prouver en tout cas. Mais que pensez-vous d'un homme qui répand des rapports de ce genre sur mon compte et puis qui rampe pour obtenir du secours quand il est malade ? Quel jeu est-ce, eh ? »

J'entendis la respiration haletante du malade.

« Donnez-moi à boire ! murmura-t-il.

– Vous êtes près de la fin, mon ami. Mais je ne veux pas que vous quittiez ce monde sans que nous ayons ensemble une petite conversation. Voilà pourquoi je vous donne de l'eau. Là, ne la renversez pas ! Bien. Pouvez-vous comprendre ce que je dis ? »

Holmes grogna.

« Faites ce que vous pouvez pour moi ! haleta-t-il. Laissez le passé dans le passé. J'oublierai ce que j'ai dit, je vous le jure. Guérissez-moi seulement, et je l'oublierai.

– Oublier quoi ?

– Les circonstances de la mort de Victor Savage. Vous venez d'admettre que vous l'avez tué. Je l'oublierai.

– Vous pouvez l'oublier ou vous en souvenir, comme vous voudrez. Je ne vous vois pas dans le box des témoins. Je vous vois plutôt dans une boîte d'une forme différente, mon bon Holmes. Oui, oui, je vous assure ! Il ne m'importe guère que vous sachiez comment est mort mon neveu. Ce n'est pas de lui que nous parlons : c'est de vous.

– Oui.

– Le bonhomme qui est venu me trouver... J'ai oublié son nom... Il m'a dit que vous aviez contracté le mal dans East End parmi les marins.

– C'est ce que je crois.

– Vous êtes fier de votre cerveau, Holmes, n'est-ce pas ? Vous vous croyez habile, n'est-ce pas ? Vous êtes tombé sur plus habile que vous, pour une fois ! Maintenant faites un effort en arrière, Holmes. Vous ne voyez pas une autre occasion où vous auriez pu attraper le mal ?

– Je ne peux pas penser. Mon esprit s'en va. Pour l'amour du Ciel, aidez-moi !

– Oui, je vais vous aider. Je vais vous aider à comprendre simplement où vous êtes et comment vous en êtes arrivé là. Je tiens à ce que vous le sachiez avant de mourir.

– Donnez-moi quelque chose pour me soulager.

– C'est douloureux, hé ? Oui, les coolies hurlaient de douleur sur la fin ! Cela vous prend comme des crampes, je parie ?

– Oui, oui ! Des crampes.

– Eh bien, vous allez pouvoir entendre ce que je vais vous dire. Écoutez ! Ne vous rappelez-vous pas un incident sortant de l'ordinaire et survenu un peu avant le début de vos symptômes ?

– Non, rien.

– Réfléchissez.

– Je suis trop malade pour réfléchir.

– Je vais vous aider. Vous n'avez rien reçu par la poste ?

– Par la poste ?

– Oui. Un paquet, par hasard ?

– Je m'évanouis... Je m'en vais !

– Écoutez, Holmes !... »

Il y eut un bruit comme s'il secouait le mourrant, et je dus ma maîtriser pour ne pas sortir de ma cachette.

« ... Vous devez m'entendre. Vous allez m'entendre. Vous rappelez-vous une boîte ? Une boîte en ivoire ? Elle est arrivée mercredi. Vous l'avez ouverte... Vous vous en souvenez ?

– Oui, je l'ai ouverte. Il y avait un ressort pointu à l'intérieur. Une farce...

– Ce n'était pas une farce, vous vous en apercevrez à vos dépens. Imbécile, vous l'avez bien cherché ! Qui vous a demandé de vous mettre en travers de mon chemin ? Si vous m'aviez laissé tranquille, je ne vous aurais pas fait de mal.

– Je me rappelle, balbutia Holmes. Le ressort ! Il m'a piqué au sang. Cette boîte... Celle-ci sur la table !

– Celle-ci même, pardieu ! Et je la mets dans ma poche avant de vous quitter. Ainsi disparaîtra votre dernier lambeau de preuve. Mais vous savez la vérité à présent, Holmes, et vous pouvez mourir avec la certitude que je vous ai tué. Vous connaissiez trop de choses sur la mort de Victor Savage ; je vous ai envoyé de quoi partager son destin. Vous êtes tout près de votre fin dernière, Holmes. Je vais m'asseoir et attendre votre mort. »

La mort de Holmes n'était plus qu'un chuchotement presque inaudible.

« Quoi ? dit Smith. Plus de lumières ? Ah ! les ombres commencent à tomber, hein ? Oui, je vais faire les grandes lumières afin que je puisse mieux vous regarder mourir... »

Il traversa la chambre et la lampe brilla avec tout son éclat.

« ... Y a-t-il un autre petit service que je puisse vous rendre, mon ami ?

– Une allumette et une cigarette. »

La joie et la stupéfaction manquèrent de me faire bondir hors de ma cachette. Il parlait avec son timbre normal, un peu faible peut-être, mais je reconnaissais bien la voix. Un long silence s'ensuivit, et je devinai que Culverton Smith ahuri contemplait le malade.

« Que signifie tout cela ? dit-il d'un ton sec, âpre.

– Le meilleur moyen de bien jouer un rôle, dit Holmes, c'est d'entrer dans la peau du personnage. Je vous donne ma parole que depuis trois jours je n'ai rien mangé ni bu, exception faite de ce verre d'eau que vous avez eu la bonté de me tendre. Mais pour le tabac, ç'a été plus dur ! Ah ! voici quelques cigarettes !... »

J'entendis le frottement d'une allumette.

« ... Je vais beaucoup mieux. Hello ! Entendrais-je le pas d'un ami ?

Des pas résonnèrent derrière la porte qui s'ouvrit, et l'inspecteur Morton apparut.

« Tout est en règle : voici votre homme », lui dit Holmes.

Le policier employa les formules habituelles.

« Je vous arrête sous l'inculpation de meurtre sur la personne du nommé Victor Savage, conclut-il.

– Et vous pourriez ajouter de tentative de meurtre sur la personne d'un nommé Sherlock Holmes ! fit observer mon ami avec un petit rire. Pour épargner un souci à un malade, inspecteur, M. Culverton Smith a eu la bonté de donner notre signal en ouvrant davantage lui-même le gaz. D'autre part, le prisonnier a dans la poche droite de son manteau une petite boîte qu'il vaudrait mieux lui retirer. Merci. A votre place, je la manipulerais avec précaution. Posez-là ici. Elle sera utile au procès. »

Une légère bousculade s'ensuivit, et se termina par un bruit de ferrailles et un cri de douleur.

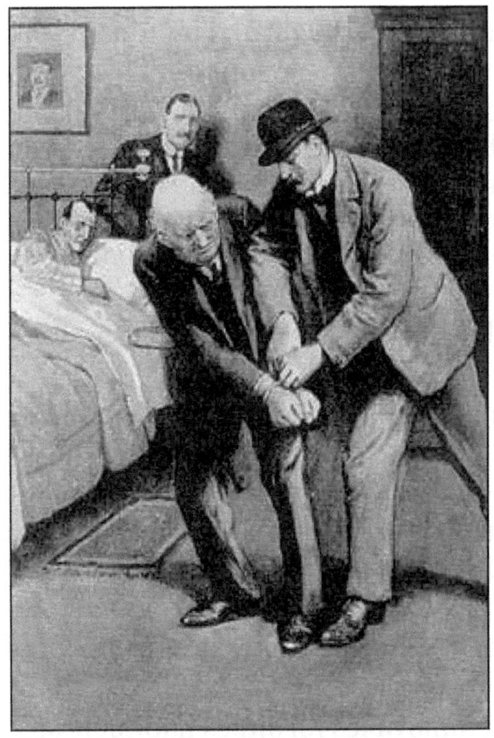

« Vous ne réussirez qu'à vous faire du mal ! dit l'inspecteur. Restez tranquille, voulez-vous ? »

J'entendis le cliquetis des menottes qui se refermaient.

« Un joli piège ! cria la voix de fausset. Il vous amènera dans le box, monsieur Holmes, mais pas moi ! Il m'avait prié de venir le soigner. J'ai eu pitié de lui et je suis venu. Maintenant il prétendra sans nul doute que j'ai dit quelque chose de nature à étayer ses infâmes soupçons. Mentez comme il vous plaira, Holmes ! Ma parole vaut bien la vôtre.

– Mon Dieu ! s'écria Holmes. Je l'avais totalement oublié. Mon cher Watson, je vous dois un millier d'excuses. Quand je pense que je vous ai négligé ! Je n'ai pas besoin de vous présenter à M. Culverton Smith, puisque je crois que vous vous êtes déjà rencontrés au début de la soirée. Avez-vous le fiacre en bas ? Je vous suivrai quand je serai habillé, car je vous serai peut-être de quelque utilité au commissariat. »

Pendant que Holmes avalait un verre de vin et quelques biscuits tout en s'habillant, il me dit :

« Jamais je n'en ai eu davantage besoin ! Vous savez, je n'ai pas d'habitudes très régulières pour mes repas, et le jeûne m'a moins affecté que beaucoup d'autres personnes. Mais il était indispensable que je pusse convaincre Mme Hudson de la réalité de ma condition, puisqu'elle devait vous en informer, et vous, en informer Smith à votre tour. Vous ne m'en voulez pas, Watson ? Comprenez que parmi tous vos talents, mon secret, vous n'auriez jamais été capable de persuader Smith de la nécessité urgente de sa présence, qui était au centre de mon plan. Connaissant sa nature vindicative, je savais parfaitement qu'il viendrait contempler son chef-d'œuvre.

– Mais votre aspect physique, Holmes ? Votre visage de spectre ?

– Trois journées de jeûne total n'arrangent jamais une beauté, Watson ! Pour le reste, il n'y a rien qu'une éponge ne puisse faire disparaître. Avec de la vaseline sur le front, de la belladone dans les yeux, du rouge sur les pommettes et des croûtes de cire autour des lèvres, on peut toujours produire un effet satisfaisant. Le maquillage est un sujet sur lequel j'ai eu souvent envie d'écrire une petite monographie. Quelques propos sur des demi-couronnes, des huîtres, ou n'importe quoi de bizarre produisent un plaisant effet de délire.

– Mais pourquoi ne vouliez-vous pas que je vous approche, puisqu'il n'y avait nul danger de contagion ?

– Vous le demandez, mon cher Watson ? Croyez-vous que j'estime si peu vos talents de médecin ? Pouvais-je imaginer que votre jugement astucieux se méprendrait sur le cas d'un mourant qui, bien que faible, ne présentait ni accélération du pouls ni hausse de température ? A quatre mètres j'avais une chance de vous tromper. Si j'échouais à vous persuader de mon mal, qui serait aller chercher mon Smith et me l'offrir à discrétion ? Non, Watson, ne touchez pas à cette boîte. Si vous la regardez de coté, vous pouvez voir d'où le ressort pointu se détend comme la langue d'une vipère. J'affirme que c'est par un procédé analogue que le pauvre Savage, qui s'interposait entre ce monstre et un héritage, a été tué. Mon courrier est toutefois, comme vous le savez, et je suis toujours sur mes gardes quand je reçois des paquets. Je compris aussitôt qu'en lui faisant croire qu'il avait réussi, je pourrais lui arracher une confession par surprise. Je me suis donc déguisé comme un véritable artiste. Merci, Watson, il faut que vous m'aidiez à mettre mon manteau. Quand mon aurons terminé au commissariat de police, je crois qu'un petit repas chez Simpson ne serait pas déplacé ! »

Toutes les aventures de Sherlock Holmes

Liste des quatre romans et cinquante-six nouvelles qui constituent les aventures de Sherlock Holmes, publiées par Sir Arthur Conan Doyle entre 1887 et 1927.

Romans

* Une Étude en Rouge (novembre 1887)
* Le Signe des Quatre (février 1890)
* Le Chien des Baskerville (août 1901 à mai 1902)
* La Vallée de la Peur (sept 1914 à mai 1915)

Les Aventures de Sherlock Holmes

* Un Scandale en Bohême (juillet 1891)
* La Ligue des Rouquins (août 1891)
* Une Affaire d'Identité (septembre 1891)
* Le mystère de la vallée de Boscombe (octobre 1891)
* Les Cinq Pépins d'Orange (novembre 1891)
* L'Homme à la Lèvre Tordue (décembre 1891)
* L'Escarboucle Bleue (janvier 1892)
* Le Ruban Moucheté (février 1892)
* Le Pouce de l'Ingénieur (mars 1892)
* Un Aristocrate Célibataire (avril 1892)
* Le Diadème de Beryls (mai 1892)
* Les Hêtres Rouges (juin 1892)

Les Mémoires de Sherlock Holmes

* Flamme d'Argent (décembre 1892)
* La Boite en Carton (janvier 1893)
* La Figure Jaune (février 1893)
* L'Employé de l'Agent de Change (mars 1893)
* Le Gloria-Scott (avril 1893)
* Le Rituel des Musgrave (mai 1893)
* Les Propriétaires de Reigate (juin 1893)

* Le Tordu (juillet 1893)
* Le Pensionnaire en Traitement (août 1893)
* L'Interprète Grec (septembre 1893)
* Le Traité Naval (octobre / novembre 1893)
* Le Dernier Problème (décembre 1893)

Le Retour de Sherlock Holmes

* La Maison Vide (26 septembre 1903)
* L'Entrepreneur de Norwood (31 octobre 1903)
* Les Hommes Dansants (décembre 1903)
* La Cycliste Solitaire (26 décembre 1903)
* L'École du prieuré (30 janvier 1904)
* Peter le Noir (27 février 1904)
* Charles Auguste Milverton (26 mars 1904)
* Les Six Napoléons (30 avril 1904)
* Les Trois Étudiants (juin 1904)
* Le Pince-Nez en Or (juillet 1904)
* Un Trois-Quarts a été perdu (août 1904)
* Le Manoir de L'Abbaye (septembre 1904)
* La Deuxième Tâche (décembre 1904)

Son Dernier Coup d'Archet

* L'aventure de Wisteria Lodge (15 août 1908)
* Les Plans du Bruce-Partington (décembre 1908)
* Le Pied du Diable (décembre 1910)
* Le Cercle Rouge (mars/avril 1911)
* La Disparition de Lady Frances Carfax (décembre 1911)
* Le détective agonisant (22 novembre 1913)
* Son Dernier Coup d'Archet (septembre 1917)

Les Archives de Sherlock Holmes

* La Pierre de Mazarin (octobre 1921)
* Le Problème du Pont de Thor (février et mars 1922)
* L'Homme qui Grimpait (mars 1923)

* Le Vampire du Sussex (janvier 1924)
* Les Trois Garrideb (25 octobre 1924)
* L'Illustre Client (8 novembre 1924)
* Les Trois Pignons (18 septembre 1926)
* Le Soldat Blanchi (16 octobre 1926)
* La Crinière du Lion (27 novembre 1926)
* Le Marchand de Couleurs Retiré des Affaires (18 décembre. 1926)
* La Pensionnaire Voilée (22 janvier 1927)
* L'Aventure de Shoscombe Old Place (5 mars 1927)